Conforme à la loi n°49.956 du 16 juillet 1949
sur les publications destinées à la jeunesse.
ISBN : 978-2-09-251146-6
N° éditeur : 10148878 - Dépôt légal : février 2008
Imprimé en France par Pollina- L45605

Conte d'Andersen
Illustré par Christophe Durual

Les Habits neufs de l'Empereur

Nathan

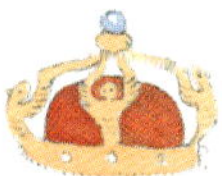

Il était une fois un empereur qui aimait tellement les habits neufs, qu'il dépensait tout son argent pour être bien habillé. Il changeait de costume à chaque heure de la journée, et comme on dit d'un roi : « Il est au conseil », on disait de lui : « L'empereur est à sa garde-robe. »
Un jour, deux fripons arrivèrent dans la ville où résidait cet empereur et ils se firent passer pour des tisserands. Ils savaient, disaient-ils, tisser la plus belle étoffe du monde.

Non seulement les couleurs et le dessin en étaient d'exceptionnelle beauté, mais les habits taillés dans cette étoffe avaient la propriété merveilleuse d'être invisibles à tout homme indigne de son poste ou dont la bêtise passait les bornes permises.
« Voilà de merveilleux habits, pensa l'empereur. Oui, vraiment, il faut qu'on me tisse cette étoffe ! »
Et il avança aux deux fripons une grosse somme d'argent, pour qu'ils puissent commencer leur travail.
Les deux hommes installèrent leurs métiers et firent semblant de travailler, alors qu'il n'y avait pas le moindre fil sur les bobines.

Puis, aussitôt, ils réclamèrent la soie la plus fine et l'or le plus magnifique, qu'ils fourrèrent dans un sac. Tous les habitants de la ville prirent connaissance de la qualité merveilleuse de l'étoffe, et chacun brûlait de voir combien son voisin était sot ou incapable.

Un jour, l'empereur eut envie de voir où en était le tissage de la fameuse étoffe. « Je vais envoyer mon bon et vieux ministre, se dit-il. C'est lui qui saura le mieux juger le tissu, car il est intelligent et personne n'exerce sa fonction mieux que lui. »

Le vieux et bon ministre se rendit donc dans la salle où les deux compères travaillaient sur leurs métiers vides.
« Oh ! c'est impossible, se dit-il en écarquillant les yeux, je ne vois rien du tout. » Mais il se garda bien de le dire tout haut.
Les deux fripons l'invitèrent à s'approcher davantage et lui demandèrent si ce n'était pas là un beau dessin et des couleurs exquises. Et en même temps, ils montraient le métier vide, et le pauvre vieux ministre continuait d'écarquiller les yeux, sans rien voir, puisqu'il n'y avait rien.

« Mon Dieu, pensait le vieux ministre, ne serais-je qu'un sot ? Suis-je incapable d'exercer mon métier ? Oh, non, il ne faut pas que cela se sache ! »

– Eh bien ! vous ne dites rien ! dit l'un des faux tisserands.

– Oh, c'est charmant, tout à fait charmant ! dit le vieil homme en ajustant ses lunettes. Ce dessin et ces couleurs ! Oui, je dirai à l'empereur que j'en suis très content !

Et c'est ce qu'il fit.

Là-dessus, les deux fripons demandèrent encore de l'argent, et davantage de soie et d'or, qu'ils devaient utiliser pour l'étoffe. Mais ils empochèrent le tout et ils continuèrent de tisser sur leurs métiers vides. Toute la ville ne parlait plus que du superbe tissu, et l'empereur voulut aller le voir. Il se rendit donc chez les faux tisserands accompagné d'une foule d'hommes choisis, parmi lesquels se trouvait le vieux ministre.

– N'est-ce pas magnifique ! s'extasia le vieux ministre. Ce dessin ! ces couleurs !

« Comment ? Comment ? s'inquiétait l'empereur. Mais je ne vois rien ! Suis-je sot ? Suis-je incapable d'être empereur ? Rien de pire ne pourrait m'arriver ! »
Alors tout à coup, il s'écria :
– Oh, voilà qui est de toute beauté !
Et tous les courtisans, qui ne voyaient rien de plus que l'empereur, répétèrent à sa suite :
« Oh, c'est de toute beauté ! »
Ils lui conseillèrent même de revêtir cette nouvelle étoffe pour la prochaine grande procession.

La nuit qui précéda le défilé, les deux compères travaillèrent sans relâche, à la lueur de seize bougies. Enfin, ils firent semblant d'enlever le tissu du métier, et ils dirent :

– Voilà, le costume est prêt !

Accompagné de tous ses courtisans, l'empereur vint l'examiner en personne. Et les deux fripons, un bras levé en l'air, comme s'ils tenaient quelque chose, disaient :

– Voyez, voici la culotte, voici l'habit, voici la cape ! C'est aussi léger qu'une toile d'araignée ! On dirait presque qu'on n'a rien sur le corps, et c'est là tout l'avantage de cet habit. Et maintenant, si Votre Majesté veut bien se déshabiller, nous lui mettrons l'habit neuf devant ce grand miroir.

L'empereur enleva tous ses vêtements, et les deux hommes firent semblant de lui donner une à une les pièces du nouveau costume. Puis ils le prirent par la taille et eurent l'air d'attacher quelque chose : c'était la traîne.

Et l'empereur se tournait et se retournait devant le miroir.

– Dieu ! quel habit bien coupé ! s'écriait tout le monde.

– Bien, je suis prêt ! dit enfin l'empereur. Et je crois que je ne suis pas mal ainsi.

Les chambellans, qui devaient porter la traîne, firent semblant de ramasser quelque chose, puis ils élevèrent les mains, et dans leur marche, ils tenaient le vide.

Au passage de l'empereur, la foule, dans les rues et aux fenêtres, s'écriait :

– Dieu ! que le nouvel habit de l'empereur est incomparable ! Quelle traîne splendide il a ! Comme il tombe divinement !

– Mais il n'a pas d'habit du tout ! s'écria un petit enfant.

Et bientôt on chuchotait dans la foule, en reprenant les paroles de l'enfant :

– Il n'a pas d'habit du tout ! C'est un petit enfant qui le dit, il n'a pas d'habit du tout !

– Il n'a pas d'habit du tout ! cria finalement tout le peuple.

Et un frisson parcourut l'empereur. Il lui semblait bien que les gens avaient raison, mais il prit sa décision : « Je n'ai plus qu'à tenir bon jusqu'au bout de la procession ! »
Alors il se redressa encore plus fièrement et les chambellans continuèrent de porter la traîne qui n'existait pas.

Regarde bien ces images de l'histoire.
Elles sont toutes mélangées.
Amuse-toi à les remettre dans l'ordre !